À Miguel.
S. K.

Sami le ouistiti,
prince d'Amazonie

Texte de Yann Walcker
Illustrations de Sofie Kenens

AUZOU

Sami le ouistiti vit à Bling-Bling City,
une grande ville moderne à l'orée
de la forêt tropicale. Riche et fier de l'être,
Sami possède vingt-deux télévisions,
un hélicoptère et douze voitures de sport.

C'est pourquoi, avec ses bagues
en or et ses tongs assorties,
Sami se fait appeler...
Prince d'Amazonie !

Si Sami n'est pas un vrai prince, il est en tout cas... le roi du chewing-gum ! Chaque jour, son usine de pâte à mâcher fabrique des milliers de dragées.
Et quel succès ! Ici, tout le monde aime les Sami-Gommes, aux délicieux goûts de « pastèque-chenille », de « bambou-banane » ou encore de « fraise-fourmi rouge ».

Mais ce matin, Sami veut tester un nouveau parfum, à base de citron, de piment et de scorpion.
« Avec ce mélange ultra-piquant, se réjouit-il, je vais faire un malheur, c'est évident ! »

Et en effet, à force de chauffer...

CRAC !

BOUM !

PATATRAC !

La grosse cuve pleine de pâte éclate !

The Original

C'est la catastrophe ! Peu à peu, une pâte chaude
et écœurante se répand jusque dans la forêt.
Affolés, les papillons s'envolent, mais certains
ont les ailes prises dans cette drôle de colle !
Sami, emporté par une vague de chewing-gum,
joue les surfeurs sur la feuille d'un arbre...

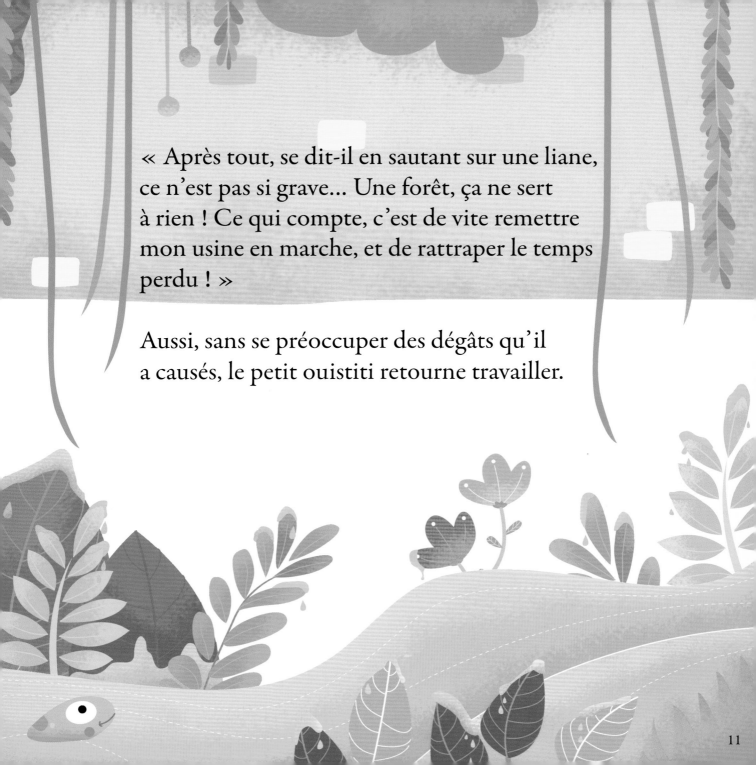

« Après tout, se dit-il en sautant sur une liane, ce n'est pas si grave… Une forêt, ça ne sert à rien ! Ce qui compte, c'est de vite remettre mon usine en marche, et de rattraper le temps perdu ! »

Aussi, sans se préoccuper des dégâts qu'il a causés, le petit ouistiti retourne travailler.

Ouf ! La cuve est à présent réparée. Seulement, à force de s'agiter, Sami a très chaud. Il boirait bien un grand verre d'eau ! Mais en ouvrant le robinet, une mauvaise surprise l'attend...

Un liquide rose sort du tuyau ! **Beurk !**
On dirait un gros asticot !

Furieux, Sami décide d'aller voir le fleuve,
d'habitude si pur, qui arrose Bling-Bling City.

En arrivant sur place, il comprend tout :
de la pâte à chewing-gum a coulé dans l'eau.
« C'est dégoûtant ! rouspète Sacha le piranha.
En plus, j'ai du mal à respirer maintenant ! »

Sami est désolé, car il sait que c'est de sa faute.
Plus loin, il croise Armand le caïman :
« Bouhouhou ! pleurniche celui-ci.
En me baignant tout à l'heure, j'ai bu la tasse.
Et maintenant, je suis ridicule, car quand
je parle, je fais des bulles ! »

BOU
HOU
HOU

Armand veut se moucher, mais une bulle sort de son nez. Elle grossit, grossit et

PAF !

... explose à la figure de Sami ! Armand éclate de rire et, aussitôt, des dizaines de bulles jaillissent de sa gorge.

Effrayé, le ouistiti s'enfuit
en poussant de petits cris.

Un peu essoufflé, Sami s'arrête près d'une fleur magnifique. Il se penche pour la respirer...

« Pouah ! Mais... ça sent le bonbon chimique ! s'écrie-t-il, surpris. Comment est-ce possible ?
— C'est simple, répond Clément le toucan. Avec ses racines, la fleur a bu la pâte qui vient de ton usine !

— Tu sais, poursuit Clément, les plantes sont comme nous.
Ce sont des êtres vivants, qui respirent et se nourrissent.
Regarde cet arbre : à force d'absorber du chewing-gum,
ses fruits commencent à pourrir !

Et justement, **SPLATCH** ! une noix de coco se décroche et s'écrase mollement sur le crâne de Sami !

Avec toutes ces émotions, Sami commence à avoir faim.
Mais il a beau chercher, il ne trouve rien...
« Moi aussi, je suis affamé ! gémit Omar le Tamanoir.
Il n'y a plus une seule fourmi rouge à grignoter !
Si ça continue, ma famille va disparaître, et moi avec ! »

GRR
GRRR
GRRR

Sami a honte, et se met à pleurer...
À cause de lui, tout le monde a des ennuis...

« Hé, va donc piailler ailleurs ! grogne Mathieu
le paresseux. Même poisseux, j'aimerais dormir un peu !
— Et moi, rugit Balthazar le jaguar, j'apprécierais
qu'on enlève cette glu sale qui me colle aux poils !

— Mes amis, dit Sami en s'essuyant les yeux, je vous demande pardon. Grâce à vous, j'ai compris la leçon : la nature est sacrée, je dois la respecter. Faites-moi confiance, je vais tout arranger ! »

Et dans les jours qui suivent, sans ménager ses efforts, le petit ouistiti se met à nettoyer la forêt...

Enfin ! La jungle est de nouveau propre.
Quel paradis ! Aussitôt les papillons
reviennent et, sur les arbres, les bons
fruits repoussent aussi.
« Bravo ! applaudissent les animaux.
À présent, Sami, tu es vraiment...
notre prince d'Amazonie ! »

Direction générale : Gauthier Auzou
Responsable éditoriale : Laura Levy
Assistante éditoriale : Juliette Féquant
Maquette : Annaïs Tassone
Fabrication : Nicolas Legoll
Relecture : Lise Cornacchia

Dépôt légal : mai 2014
ISBN : 978-2-7338-2726-0

www.auzou.fr

Mes p'tits albums

Renard et les trois œufs

Moustache ne se laisse pas faire

Octave ne veut pas grandir

Roucoule est amoureuse

Petite taupe ouvre-moi ta porte !

Zaïo le petit pirate !

Le loup qui voulait changer de couleur

La chauve-souris à l'école

Croquette devient grand frère

Armande la vache qui n'aimait pas ses taches !

Rosetta n'est pas cracra !

Berlingot est un superhéros

Le loup qui s'aimait beaucoup trop

La petite souris et la dent

Sa majesté Léonardo n'en fait qu'à sa tête

Petit panda cherche un ami

Séraphin, le prince des dauphins

Crocky le crocodile a mal aux dents

Robin, le petit écureuil des bois

Mika l'ourson a peur du noir

Martin le pingouin a un nouveau voisin

Le loup qui cherchait une amoureuse

Le loup qui ne voulait plus marcher

Ferdinand le Papa Goéland

Petit Castor reçoit un drôle de cadeau !

Manolo le blaireau se prépare pour l'hiver

Renato aide le Père Noël

Le loup qui voulait faire le tour du monde

Le loup qui voulait être un artiste

Camille veut une nouvelle famille

Chouquette et les Secrets Magiques

Clotilde part en colonie de vacances

Cédric veut être fils unique !

Le loup qui voyageait dans le temps

Pipo raconte n'importe quoi !

Le loup qui fêtait son anniversaire

Sami le ouistiti, prince d'Amazonie